Ye

8783

ODE

IN EXPUGNATIONEM

NAMURCÆ,

EX GALLICA ODE

NICOLAI B*** D***

IN LATINAM CONVERSA.

PARISIIS,

Apud DIONYSIUM THIERRY, viâ Jacobæâ, sub signo urbis Lutetiæ.

M. DC. XCIII.

DOCTISSIMO

ET

CLARISSIMO VIRO

NICOLAO B. D.

HENDECASYLLABI.

G ALLICI *decus arbiterq; Pindi,*
Codris ac Baviis timende Vates :
Per quem laude vigens novâ Ve-
tuſtas
Contra murmura plebis imperitæ,
Et convicia ſtat calumniantum :
Munus accipe, te, BOLÆE, *dignum :*
Quod tu, ſis licet aure delicatâ
Judex difficilis, ſeveriorque,
Non tamen, reor, improbare poſſis.
Verſus ecce tuos tibi Latinis
Donatos numeris modiſque mitto.

A ij

Nostris credideram hoc opus Camœnis
Intractabile. Nubium meatus
Tecum tendere in arduos verebar;
Pennisque imparibus sequax Hirundo
Post audacem Aquilam volare stridens
Insuetum per iter. Sed astitêre,
Quotquot Roma tulit bonos Poëtas,
Inservire operi tuo, locumque
Versus inter habere gestientes
Vatis, vindice quo perenne servant
Illæsi decus inter inquieta
Allatrantum odia, irritosque morsus.
Imprimis tua cura amorque Flaccus,
Flaccus deliciæ tuæ, superbis
Te cujus spoliis nitere, dudum
Grex crepat malesanus invidorum:
Ardet dicere Principis triumphos,
Qualem tempora nec tulêre prisca,
Qualem nec sua venditavit ætas.
Terretur tamen insolens locorum
Aspris nominibus, rudesque contra
Luctatur fluvios diu: sed omnes
Moras vincit amor tui, nec ullus
Te propter labor arduus videtur.
Perge ergo Veterum, BOLÆE, famam,
Et scripta, & decus, ut facis, tueri.
Junctis hoc precibus reposcit à te,
Quidquid est hominum eruditiorum,
Quidquid est hominum politiorum,
Et sani ingenii, bonæque mentis.

Corvorum interea sinas cohortem
Te contra crocitare garrulorum.
Quid possunt Aquilis nocere Corvi?

CAROLUS ROLLIN, Regius
Eloquentiæ Professor.

σοφὸς ὁ πολ-
λὰ εἰδὼς φυᾷ.
μαθόντες δὲ, λάβροι
παγγλωσσίᾳ, κόρακες ὥς,
ἄκραντα γαρύετον
Διὸς πρὸς ὄρνιχα θεῖον. Pindar. Od. 2.
Olymp.

Natura Vatem sola facit. labor
Si quos per artem promovet improbus,
   Clamore nequicquam procaci
   Rauca crepant crocitantque corvi
Contra ministrum fulminis alitem.

AU LECTEUR.

L'ODE, qu'on donne ici au Public, a esté composée à l'occasion de ces estranges Dialogues qui ont paru depuis quelque temps, où tous les plus grands Ecrivains de l'Antiquité sont traités d'Esprits mediocres, de gens à estre mis en paralele avec les Chapelains & avec les Cotins, & où voulant faire honneur à nôtre siecle, on l'a en quelque sorte diffamé, en faisant voir qu'il s'y trouve des Hommes capables d'escrire des choses si peu sensées. Pindare est des plus maltraités. Comme les beautés de ce Poëte sont extremément renfermées dans sa langue, l'Auteur de ces Dialogues, qui vraisemblablement ne sçait point le Grec, & qui n'a leu Pindare que dans des traductions Latines assez défectueuses, a pris pour galimathias tout ce que la foiblesse de ses lumieres ne lui permettoit pas de comprendre. Il a surtout traité de ridicules ces endroits merveilleux, où le Poëte, pour marquer un efprit entierement hors de foy, rompt quelquefois de deffein formé la fuite de fon difcours, & afin de mieux entrer dans la raifon, fort, s'il faut ainfi parler, de la raifon mefme ; évitant avec foin cet ordre methodique & ces exactes liaifons de mots qui ofteroient l'ame à la Poëfie lyrique. Le Cenfeur dont on parle, n'a pas pris garde qu'en attaquant ces nobles hardieffes de Pindare il donnoit lieu de croire qu'il n'a jamais conceu le fublime des Pfeaumes de David, où, s'il eft permis de parler de ces faints Cantiques à propos de chofes fi profanes, il y a beaucoup de ces fens rompus qui fervent mefme quelquefois à en faire fentir la Divinité. Ce Critique felon toutes les apparences n'eft pas fort convaincu du precepte qu'on a avancé dans l'Art Poëtique à propos de l'Ode.

Son ftile impetueux fouvent marche au hazard.

Chés elle un beau defordre eft un effet de l'Art.

Ce precepte effectivement qui donne pour regle, de ne point garder quelquefois de regles, eft un myftere de l'Art qu'il n'eft pas aifé de faire entendre à

A iiij

un Homme sans aucun goust, qui croit
que la Clelie & les Operas sont les mo-
deles du Genre sublime, qui trouve
Terence fade, Virgile froid, Homere
de mauvais sens, & qu'une espece de
bizarerie d'esprit, rend insensible à tout
ce qui frappe ordinairement les Hommes. Mais ce n'est pas ici le lieu de lui
montrer ses erreurs. On le fera peut-
estre plus à propos, un de ces jours,
dans quelque autre Ouvrage. Pour re-
venir à Pindare, il ne seroit pas difficile
d'en faire sentir les beautés à des gens
qui se seroient un peu familiarisé le Grec.
Mais comme cette langue est aujour-
d'hui assez ignorée de la pluspart des
Hommes, & qu'il n'est pas possible de
leur faire voir Pindare dans Pindare
mesme ; on a crû qu'on ne pouvoit
mieux justifier ce grand Poëte qu'en
faisant une Ode en François à sa manie-
re, c'est à dire, pleine de mouvemens
& de transports, où l'on parust plûtost
entraîné du Demon de la Poësie que
guidé par la raison. C'est le but qu'on
s'est proposé dans l'Ode qu'on va voir.
On a pris pour sujet la prise de Namur,
comme la plus grande action de guerre
qui se soit faite de nos jours, & comme
a matiere la plus propre à échauffer l'i-

magination d'un Poëte. On y a jett
autant qu'on a pû la magnificence de
mots, & à l'exemple des anciens Poëte
Dithyrambiques, on y a employé le
figures les plus audacieuses, jusqu'à
faire un astre de la plume blanche qu
le Roy porte ordinairement à son cha
peau, & qui est en effet comme un
espece de Comete fatale à nos Ennemi
qui se jugent perdus dés qu'ils l'ap
perçoivent. Voilà le dessein de ce peti
Ouvrage. On ne répond pas d'y avoi
reüssi, & on ne sçait pas si le Publi
accoûtumé aux sages emportemens d
Malherbe, s'accommodera de ces sail
lies & de ces excés Pindariques. Mais
supposé qu'on y ait échoüé, on s'en
consolera du moins par le commence-
ment de cette fameuse Ode Latine
d'Horace, *Pindarum quisquis studet æmu-
lari, &c.* où Horace donne assez à entendre que, s'il eût voulu lui-mesme
s'élever à la hauteur de Pindare, il se
feroit crû en grand hazard de tomber.

ODE

IN EXPUGNATIONEM

NAMURCÆ.

QUis fonte sacro dulciter
   ebrium
  Repente doctus me furor
   abripit ?
    Fallorne ? Castas en Sorores
    Ante oculos mihi Pindus offert.

Huc vos, Camœnæ, dum Lyra parturit
Sonora cantus, ferte citæ pedem :
    Adeste, & arrectis modosque
    Auribus ac numeros notate.

Concussa pronis arboribus mihi
Jam sylva plaudit. Vos, jubeo, graves
    Silete Venti : LUDOVICUM
    Aggredior celebrare versu.

ODE
SUR LA PRISE
DE
NAMUR.

UELLE docte & sainte yvresse
Aujourd'huy me fait la loy?
Chastes Nymphes du Permesse,
N'est-ce pas vous que je voy?
Accourés, Troupe sçavante,
Des sons que ma Lyre enfante
Ces arbres sont réjoüis.
Marqués-en bien la cadence;
Et vous, Vents, faites silence:
Je vais parler de LOUIS.

Audax volatu Pindarus arduo
Secare tractus ætheris invios,
   Cœtufque vulgares perofus,
     Longè humiles fugiente pennâ

Terras relinquit : Tu, Lyra, tu potes,
Si fida juffos reddideris fonos,
   Audita fylvis montibufque,
     Threïcios fuperare cantus.

Proh ! quanta moles furgit in æthera !
Phœbufne murorum inclytus artifex,
   Comefque Neptunus laboris,
     Rupibus impofuere celfis

Turres fuperbas ? hinc Sabis, hinc Mofa
Fluctus amicos confociare amant :
   Hoftique inacceflas profundo
     Gurgite, præcipitique fofsâ

Tuentur arces. Ærea defuper
Centum è tremendis culminibus tonant
   Tormenta, ferratafque torquent
     Ignivomo procul ore mortes.

Dans ses chansons immorteles
Comme un Aigle audacieux ,
Pindare estendant ses ailes ,
Fuit loin des vulgaires yeux.
Mais , ô ma fidele Lyre ,
Si , dans l'ardeur qui m'inspire ,
Tu peux suivre mes transports ;
Les chesnes des monts de Thrace
N'ont rien oüi que n'efface
La douceur de tes accords.

Est-ce Apollon , & Neptune
Qui sur ces Rocs sourcilleux ,
Ont compagnons de fortune
Basti ces murs orgueilleux ?
De leur enceinte fameuse
La Sambre unie à la Meuse
Deffend le fatal abord ,
Et par cent bouches horribles
L'airain sur ces monts terribles
Vomit le fer , & la mort.

Hinc inde Miles cedere nescius,
Ipsi nec impar viribus Herculi,
    Muros coronans, fulgurantes
        Aëriâ jaculator audax

Ab arce flammas, & crepitantia
Subjectum in hostem fulmina decutit.
    Quin & dolosis terra celans
        Undique visceribus paratos

Erumpere ignes, ut propiùs subis,
Insida rupto nempe sinu, vomit
    Repente Vulcanum latentem, &
        Sulphureum reserat sepulchrum.

NAMURCA, turres ante tuas ferox
Hæreret olim Græcia plus decem
    Lustris, & incassum suorum
        Funera mille Ducum videret.

At quis catervas innumerabiles
Inter tumultus horrisonos trahens,
    Quis ille Bellator propinquat,
        Aggeribusque tuis ruinam

Minatur audax fulmineâ manu ?
Quos dat fragores ! Jupiter ipse adest,
    Aut qui triumphatis superba
        MONTIBUS imposuit trophæa.

Dix mille vaillans Alcides
Les bordant de toutes parts,
D'éclairs au loin homicides
Font petiller leurs rempars :
Et dans son sein infidele
Par tout la terre y recele
Un feu prest à s'élancer,
Qui soudain perçant son goufre,
Ouvre un sepulchre de soufre
A quiconque ose avancer.

Namur, devant tes murailles
Jadis la Grece eust vingt ans
Sans fruit vû les funerailles
De ses plus fiers Combattans.
Quelle effroyable Puiſſance
Aujourd'huy pourtant s'avance
Preste à foudroyer tes monts ?
Quel bruit, quel feu l'environne !
C'est Jupiter en personne,
Ou c'est le Vainqueur de Mons.

Agnofco frontem, lumina, regios
Vultûs honores : omnia LUDOVIX.
  Jam cerno pallentem fub ipfis
    Naffavium trepidare caftris.

Fruftra Batâvus jam docili jugum
Cervice portans, & Leo Belgicus,
  Olimque Germanæ feroces
    Nunc humiles Aquilæ, Britannis

Servire Pardis accelerant. Pavor,
Quem fparfit ipfo nomine LUDOVIX,
  Terrore concuffos recenti,
    Cogit in auxilium remotas

Vocare gentes. Hos Tagus aurifer
Mittit peruftos folibus : hi domos
  Linquunt pruinofas, pigroque
    Finitimas Boreæ paludes.

N'en doute point, c'est Luy-mesme.

Tout brille en Luy, Tout est Roy.

Dans Bruxelles Nassau blême

Commence à trembler pour toy.

En vain il voit le Batâve

Desormais docile esclâve

Rangé sous ses étendars :

En vain au Lion Belgique

Il voit l'Aigle Germanique

Uni sous les Leopards.

Plein de la frayeur nouvele

Dont ses sens sont agités,

A son secours il appele

Les Peuples les plus vantés.

Ceux-là viennent du rivage

Où s'enorgueillit le Tage

De l'or qu'il roule en ses eaux ;

Ceux-ci des champs où la nege

Des marets de la Norvege

Neuf mois couvre les roseaux.

B

Repente fed quæ vis fera turgidos
Irritat amnes ? Arva Decembribus
Mirantur exangues Gemelli
Undique diluviis natare.

Ante ora fævis prædam Aquilonibus
Perire meſſem ſtrata gemit Ceres,
Urniſque nimboſis furentum
Merſa Hyadum ſua regna plorat.

Laxate veſtris fræna furoribus,
Imbreſque,Vétique;& Populi,& Duces,
Armate, nos contra, pruinas;
Colligite innumeras cohortes :

Namurca verſis aggeribus tamen
In pulverem ibit : ſcilicet hac manu
Arces tremendas fulminante,
Oppida quâ cecidêre centum :

Quâ, terror ingens, Cameracum ruit,
Pendenſque celsâ rupe Veſontio,
Limburgus, Hiſpanoque faſtu
Ganda tumés, Ypra, Dola, Montes.

Mais qui fait enfler la Sambre?
Sous les Jumeaux effrayés
Des froids torrens de Decembre
Les champs par tout font noyés.
Cerés s'enfuit éplorée
De voir en proye à Borée
Ses guerets d'épics chargés,
Et fous les urnes fangeufes
Des Hyades orageufes
Tous fes tréZors fubmergés.

⁂

Déployés toutes vos rages,
Princes, Vents, Peuples, Frimats ;
Ramaßés tous vos nuages ;
Raffemblés tous vos Soldats.
Malgré vous Namur en poudre
S'en va tomber fous la foudre
Qui dompta l'Ifle, Courtray,
Gand la fuperbe Efpagnole,
Saint Omer, Bezançon, Dole,
Ypres, Mafthric, & Cambray.

B ij

Non falsa Vates auguror. En tremit
Concussa moles: jamque sub ictibus
  Muri laborantes fatiscunt,
    Præcipitemque trahunt ruinam.

Mars rupe ab alta ferreus imminens,
Fragore vasto mortiferos procul
  Eructat ignes : fœta flammis
    Machina sulphureis, repente

Sublata in auras, fulminis intimos
Quærit recessus : mox strepitu gravi
  Videtur infernas relabens
    Velle sibi referare sedes.

Huc ô, NAMURCÆ rebus in ultimis
Spes sola, linguis egregii Duces,
  Adesse, Nassavique prudens,
    Tuque ferox Bavare : hinc licebit

Impune tutos post vada fluminis
Cuncta intueri. Terribiles minas
  Murorum, & anfractus malignos,
    Difficilesque aditus locorum.

Spectate : ut aspris rupibus impiger
Reptando miles nititur : ut grave
  Cœnum inter ac flammas, laborem
    Dux operis LODOÏCUS urget.

Mes préſages s'accompliſſent :
Il commence à chanceler.
Sous les coups qui retentiſſent
Ses murs s'en vont s'écrouler.
Mars en feu qui les domine
Soufle à grand bruit leur ruine,
Et les bombes dans les airs
Allant chercher le tonnerre,
Semblent, tombant ſur la Terre,
Vouloir s'ouvrir les Enfers.

Accourés, Naſſau, Baviere,
De ces murs l'unique eſpoir :
A couvert d'une riviere
Venés, vous pouvés tout voir.
Conſiderés ces approches :
Voyés grimper ſur ces roches
Ces Athletes belliqueux ;
Et dans les eaux, dans la flâme,
LOUIS à tout donnant l'ame,
Marcher, courir avecque eux.

Inter procellas turbinis ignei
Criſtam eminentem vertice Regio
    Spectate, ſidus Gallo amicum,
        Hoſtibus at pariter timendum.

Ut lucet, illuc ſcilicet omnibus
Victoria alis advolat, aureos
    Currus triumphaleſque lauros
        Approperans, ſequiturque paſſu

Victorem anhelo. Quin agite, inclyti
Heroës, oræ maxima Belgicæ
    Tutela : vos huc, tempus urget,
        Omnibus huc properate turmis.

En totus in vos lumina contulit
Arrectus Orbis. Nunc animis opus.
    Jam cerno latis ad Mehannam
        Signa procul volitare campis.

Miratur amnis pauper aquæ ſuis
Tot ire ripis agmina militum.
    Ite ergo. Quid ! tranare ſegnes
        Exiguum trepidatis amnem ?

Contemplés dans la tempeste
Qui sort de ces boulevars,
La plume qui sur sa teste
Attire tous les regards.
A cet Astre redoutable
Toûjours un sort favorable
S'attache dans les combats :
Et toûjours avec la Gloire
Mars amenant la Victoire
Vôle, & le suit à grands pas.

❈

Grands Deffenseurs de l'Espagne,
Montrés-vous, il en est temps.
Courage, vers la Mehagne
Voila vos drapeaux flottans.
Jamais ses ondes craintives
N'ont veu sur leurs foibles rives
Tant de Guerriers s'amasser.
Courés donc. Qui vous retarde ?
Tout l'Univers vous regarde.
N'osés-vous la traverser ?

Haud Gallus obſtat : littoribus procul
Ultro reduxit caſtra : patens iter
   Vobis relinquit. Quid moratur
     Tot peditûque equitumque turmas?

Vultuſne Galli ferreus aſpici
Repente ſiſtit ? Quo validi Duces
   Fugêre, dementes ruinas,
     Gallico & Imperio minati

Crudele funus ? qui ruere omnia
Ferro parabant, & Tameſis procul
   Ab uſque ripis atque Dravi,
     Sequanicos ſuperare fluctus.

Terror NAMURCÆ mœnibus interim
Augetur : arcis jam petit ultimæ
   Hiſpanus extremos receſſus :
     Protinus hunc medios per ignes,

Per tela Gallus perſequitur ferox :
Interque rupes, atque cadavera,
   Armorum & ingentes acervos,
     Latum iter enſe aperit cruento.

Loin

Loin de fermer le paſſage

A vos nombreux bataillons,

Luxembourg a du rivage

Reculé ſes pavillons.

Quoy? leur ſeul aſpect vous glace?

Où ſont ces Chefs pleins d'audace

Jadis ſi prompts à marcher,

Qui devoient de la Tamiſe,

Et de la Drave ſoumiſe,

Juſqu'à Paris nous chercher?

Cependant l'effroy redouble

Sur les remparts de Namur.

Son Gouverneur qui ſe trouble

S'enfuit ſous ſon dernier mur.

Déja juſques à ſes portes

Je voy monter nos cohortes

La flâme & le fer en main:

Et ſur les monceaux de piques,

De corps morts, de rocs, de briques,

S'ouvrir un large chemin.

C

Actum est : ab alto trifte fonans dedit
Fatale fignum buccina : fupplices
    En cerno dextras, flamma ceffat,
        Urbfque patet referata portis.

Nunc, nunc feroces ponite fpiritus,
Infenfa Gallis agmina : nuncium
    Ferte hunc fuperbi fœderatis
        Urbibus, ante oculos NAMURCAM

Periffe veftros. Aft ego, quem choros
Phœbus Poëtarum inter amabiles
    Primis receptum fponte ab annis,
        Numinis interiore lapfu,

Suâque præfens mente animat, Deo,
Afflante plenus, per juga nobili
    Calcata Flacco, perque faltus
        Pierios animofus ibo :

Quin &, feneƈtus immineat licet,
Crudis juventæ viribus integer,
    Tentabo inacceffos prophanis
        Altior invidiâ receffus.

C'en est fait. Je viens d'entendre
Sur ces rochers éperdus
Batre un signal pour se rendre.
Le feu cesse. Ils sont rendus.
Dépoüillés vostre arrogance,
Fiers Ennemis de la France,
Et desormais gracieux,
Allés à Liege, à Bruxelles,
Porter les humbles nouvelles
De Namur pris à vos yeux.

·❦·

Pour moy, que Phébus anime
De ses transports les plus doux,
Rempli de ce Dieu sublime,
Je vais, plus hardi que vous,
Montrer que sur le Parnasse,
Des bois frequentés d'Horace
Ma Muse, dans son declin
Sçait encor les avenuës,
Et des sources inconnuës
A l'Auteur du Saint Paulin. *